청소년 시선
007

고양이가 사료를 아드득 까드득

권민경

쉬는
시간
9

시인의 말

말이 통하지 않기에 서로 더 많이 노력하고 있다.
난 이게 사랑이 아니면 뭘까 싶어.

2025년 4월
권민경

차례

1부 사나워 보이지만 실은 겁 많은 강아지

2부 내 마음도 누군가의 방일 수 있다면

4부 밀종은 끝이 없고 영원은 어림없지

5부 작가의 말 : 어리던 어느 날

시인의 산문

독서활동지

1부

사나워 보이지만 실은 겁 많은 강아지

최선의 낯가리기

나는 개를 좋아하는데 고양일 키우지
나는 개를 좋아하고 단체로 있는 개는 피하지
개를 데리고 모임을 갖는 사람들 개들이 뛰어노는 애견
놀이터
그런 데 말고 그런 거 말고

그러니까 개인적인 개를 좋아한다네

한 마리
한 마리
조심스럽게 쿵쿵거리고 멀찍이서 내 손 냄새를 맡는
사나워 보이지만 실은 겁 많은 강아지

그러니까 날 닮은

개를 좋아한다네 꼬리를 다리 사이에 숨겼지만
아주 조금씩 흔들고 있는

낯 가려도 최선을 다해 친해지고 싶어 하는

밥 배와 빵 배가 따로 있는 것처럼 사랑도 여러 종류가 있
으니
우리 집 고양이와는 별개로 내가 사랑하는
그런 개

짝사랑 진행 중

엄마가 나한테 섭섭하다 했다
내가 누구랑 노는지 알고 싶은데
말을 안 해 준다고
자기 혼자 짝사랑인 것 같아서 섭섭하다 했다

하지만 엄마 다 각자의 삶이 있는 거잖아요

그런데 실은 나도 옆집 개 콩이를 짝사랑한다
내가 반갑게 인사해도 쌩
가끔은 콧잔등 구기고 으르렁거려 섭섭하다

나는 그냥 친해지고 싶은 건데…….

콩이가 사람 말을 한다면 내게 각자의 삶을 살자고 할까?

동물과는 대화 대신 사랑을 나누기에

어떤 동물은 사람과 살도록 진화했지
말도 안 통하는데 참 신기하다 어떻게 처음 친해졌을까
할퀴지 않고 해치지 않는 사랑을 어떻게 익혀 갔을까

동물에게도 애정이 있다 사람도 동물이기에 똑같은 거
겠지만

널 사랑해 사랑해
자꾸 말해도 정확한 뜻을 모를 너
너를 사랑해 사랑해
자꾸 외쳐도 못 알아듣는 나

우리는 말 대신
눈빛과 체온
안정감
평화와 믿음
말랑말랑한 분위기를
나눈다

자음과 모음을 모아 ㅅ ㅏ ㄹ ㅏ ㅇ 이라고
쓸 수 있지만
말로는 다 표현할 수 없다

편식 왕

나는 가리는 게 좀 많아
그래도 다 먹고살자고 하는 일인데 먹는 건 내 마음대로
하고 싶어

민트 초코? 나쁘진 않지만
파인애플 피자 사랑은 취향이 좀 이상한 듯? (농담 농담)

가지가 싫지만, 언젠가 좋아하는 날이 올까?
어른 입맛이라는 게 있다니까
내가 어른이 되면 다시 보자, 가지야
응, 지금은 아니고

그러니까 철수 맘도 이해가 되긴 해
먹던 밥이 모자라 보여 중간에 밥을 더 줬더니
새 사료만 골라 먹더라니까

세상에나
가족끼린 서로 닮는다는데
사랑하면 닮는다는데

뭘 그런 걸 닮고 그러나

시에 눈이 있다면

동물과 말하는 건 시처럼
슬프거나 화가 났거나 기쁘거나 즐겁거나
서로 에너지를 전달하는 일
시는 언어를 이용해
느낌을 전달하는 예술
때론 어렵기도 해
하지만 동물에겐 글자 없이 느낌만을 공유해야 하지
시보다 어렵고도 서로 닮아 있다

시 쓰기도 동물과의 수다도 감정을 나누는 일이니까

길고양이와 마주친 적 있어
서로 눈을 깜빡이는 순간
우리는 사랑의 기운을 발사한다

이 시에 눈이 있다면 지금 여러분에게 열심히 눈을 깜빡
이고 있을 것이다

마주 깜빡여 줄 것인가 말 것인가는 고양이 맘인 것처럼

이 시에게 미주 눈을 깜빡일까 말까도 여러분 자유이다

꿈의 파수꾼

킨이는 착한 고양이라 누나가 악몽을 꾸면 깨우곤 했다
킨이는 악몽을 어떻게 알았을까
밤새 가족들의 머리맡을 지키고 있었던 것도 아닌데

엄마는 킨이를 보고 고양이가 영물이라 말했다
가족의 악몽을 쫓아 주던 듬직한 고양이

그런 킨이가 아팠다 고양이는 아파도 표현을 안 해서 가
족들은 잘 몰랐다 킨이는 너무 아팠지만

누나는 킨이가 아주 행복해 보이는 꿈을 꿨다
깨끗하고 아름다운 킨이
빨간 방석 위에서 행복한 꿈지기

악몽을 쫓는 우리의 친구는 자신이 더는 아프지 않을 거
라고 꿈으로 알렸다
다음 날 우리 곁을 떠났다

나쁜 꿈을 쫓아내고 늘 좋은 꿈만 꾸게 해 줬다

오래전 세상을 떠난 친구의 고양이 킨이에게.

친구 집에서 자던 내 배를 밟은 거 용서해 줄게. 침대 밑에 모르는 사람이 자고 있을 거라고 상상하지 못했을 거니까.

아는 친구

나는 강아지의 부고*를 받은 적이 있어요

같은 회사에 다녔던 영철 선배에게 오랜만에 연락이 왔
어요
초코를 아는 사람에겐 소식을 알리고 싶었다며

초코와 나는 그저 아는 친구 그렇게 친하지도 않았지만

모든 이별은 공평하게 우릴 기다리고 있는데도 늘 서글
퍼서
속절없이 눈물 흘리죠

우리가 무슨 일을 할 수 있을까요 그저 사는 동안
서로의 마음 곁에서 있어 주기, 최대한 함께 있으려 노력
하기
매일 잡초처럼 솟아나는 슬픔을 건너느라 바쁜 우리
할 수 있는 최선

단짝이 아니더라도 그리운 동물들

운이 좋다면 언젠가 다시 만나길 바라요
잠시 알았던 친구들 말 걸었던 동물들에게
그때 우리 만났었잖아, 인사할 수 있게

*죽음을 알리는 일, 보통 사람이 죽으면 오는 연락.

산책과 추모

초코는 형이 회사를 가면 내내 울고 슬퍼했어요 형은 어쩔 수 없이 회사 주변에 초코를 맡겨 두고 무서운 상사들이 없는 날에만 초코를 회사에 데려왔어요
나야 좋았죠 귀여운 슈나우저 강아지 할아버지처럼 흰 수염이 난 초코

모든 슬픔에는 원인이 있고 초코의 슬픔은 이별 때문이었습니다 초코랑 살던 누나가 세상을 떠나자 다른 가족들은 혼자 남은 초코를 어찌할 바를 몰라 화장실에 가두었습니다
사람이 죽고 사는 일이 더 급했으니 그럴 수 있죠 그럴 수 있지만
초코는 슬펐고 좁은 화장실 안에서 울었습니다 아마 내내 울었을 겁니다

죽은 누나의 친구였던 형이 초코를 데려왔어요 형도 슬펐을 테지만 누군가가 초코의 가족이 되어야 했으니까
그때 초코가 어떤 생각을 했을지 우린 모릅니다
초코는 누나가 없어져 슬펐을 수도, 바뀐 세상이 어리둥

절했을 수도 있어요 믿을 수밖에요 우린 화장실에 갇혀 본
적도 없으니

확실한 건 누나가 사라진 이후 자신을 맡아 준 형이 보이
지 않으면 슬퍼했다는 것 모든 슬픔엔 이유가 있고
우리는 슬픔과 슬픔을 넘어 매일을 살아갑니다
즐거움만 있으면 얼마나 좋겠느냐마는 사는 게 다 그렇
잖아요?

그래도 나는 슬픈 소식을 피하지 않고 계속 세상을 떠난
사람들과 동물을 생각합니다
추모는 좁은 화장실 문을 열어 주고 안아 주는 것 마음
을 산책시키고 들판을 뛰게 하는 일
삶은 추모의 연속이지만 계속해야 하죠, 식사나 산책처
럼 필수적인 일이지요

울지 마세요

　나는 누나가 울면 슬펐어 늘 안절부절못했지 낑낑거리며 주변을 맴돈 적도 많았어 그러면 누나는 나를 꼭 안고 더 울기도 했지만 결국 눈물을 그쳤어

　울지 말아요 왜 우는지 난 잘 모르지만 분위기를 읽을 순 있어 슬프고 아프고 그런 것 중 하나잖아요

　나도 많이 아파서 울었으니까 아픈 건 싫으니까 누나는 아프지 말고 울지 마세요

　이제 누나의 얼굴을 핥아 줄 수 없으니 울지 마요

나와 개의 밤

멀리서 개 짖는다
사람의 소리는 들려오지 않고
잃어버린 걸 찾는 개는 곧잘 하울링한다

나의 개는 만 년 동안 백만의 기억을 잃어버리고 끝내
높고 낮게 우는데
잃어버린 것 중엔 말이 포함되어 있다
우우— 하고 누군가의 이름을 부르지만
아무도 알아듣지 못 하고

나는 백 년 전에 개의 말을 잃어버리고
아아— 누군가의 이름을 부른다
사람의 소리는 들려오지 않고
나의 개는 나의 부름을 알아차리지 못 하고
서로의 언어를 잃어버리고

개와 나 사이에 커다란 밤이 있어서
알 수 없는 서로를 부르며 울곤 한다
길고 가까이

2부

내 마음도 누군가의 방일 수 있다면

무지개다리

무지개다리란 말을 처음 알고 한동안 그 단어만 보면 울
었다
죽음을 참으로 아름답게 표현한 단어구나
하지만 이별은 이별
그 다리를 건너면 우리는 헤어지게 될 것이고

어떠한 사랑이 있더라도 다시 닿지 못 할 테지
무지개다리를 건너면

그렇게 아름다운 곳을 딛고 더더욱 아름다운 곳에 닿을
걸 믿는 명명
그런 기원을 담은 이름

하지만 결국 우리는 무지개의 시작과 끝을 모르고
손에 잡히지도 않는다

분명 거기 있는데
거기 존재하는데

비가 그치면 무지개는 금방 사라진다
돌아오고 싶어도 그 다리를 잃어버려서
돌아오지 못 하는 건 아닌지 혹시 그런 거 아닌지
나는 동물의 맑고 순진한 눈을 떠올리며 그들 대신에
운다

다리 주변 잠시 서성이다가
생전의 기억은 차차 잊고
무지개보다 더 아름다운 곳에 닿길 기원하며
잠시 후 그칠 비처럼 운다

약

검은 개와 살고 싶다
귀엽고 애교 많거나 좀 낯가리는 검은 개

하지만 털 색이 검은 개들은 인기가 없다고
입양 신청도 안 온다고

"검은 개는 약이 된다."
어른이 하는 말을 듣고 소름 돋았었다
대체 그게 무슨 말이야? 식탁 위에 비타민이 굴러다니는
세상
검은 개가 왜 약이어야 해요?

김 씨는 약이 된다
뒤짱구는 약이 된다
왼손잡이는 약이 된다
그런 말을 적용해 보며 나는 나에 대해 생각한다

검은 개와 살고 싶은 김 씨 왼손잡이 뒤짱구
친구와 가족들이 있는 평범한 삶

평범이란 뭘까?
그런 질문 속에는
검거나 노랗다는 속성 때문에 죽임당하지 않는
생활이 내포되어 있다

내비게이션 오류

올해도 철새가 돌아왔다
매년 왔던 곳이니까 아무런 의심하지 않고
생일이 매년 돌아오고 크리스마스가 오는 것처럼
철새는 그냥 왔다
그런데 케이크도 크리스마스트리도 없었다
아니, 모든 게 없어졌다
매년 철새가 오던 도래지를 메우고 나무를 베어서
사람이 살 집을 만들 예정이라고

철새는 그냥 왔고 여러 마리 새 어리둥절하게 빈 벌판에
서 있었다

혹시 내가 잘못 온 건가?
하지만 철새들의 몸 안에는 나침반이 들어 있어서
길을 잃지 않는다
살던 대로 살았는데 계속 어리둥절했다

새가 왔고 그건 잘못 온 게 아니었다

암사자 사순이

사순이는 한국에 살던 사자입니다. 암컷 사자라 사순이 래요. 남자였다면 사돌이가 되었을까요. 사자가 왜 한국에 살아? 동물원에 사나?

사순이는 사람이 몰래 키우던 사자입니다. 어릴 때부터 사람이 주는 밥을 먹고 사람을 따르는 아프리카와 상관없 는 우리나라 사자.

잠깐 우리가 열린 틈을 타 밖으로 나온 사순이는 뭘 봤 을까요. 시골길을, 숲을 돌아다니며 무슨 냄새를 맡고 무슨 생각을 했을까요.

사람을 좋아하는 사순이. 애교 부리던 사순이.

사순이는 생전 처음 바깥 산책을 나왔다가 수풀 속에서 쉬고 있었습니다.

사순이의 처음이자 마지막 산책이었습니다.

사람을 좋아해서 사람들이 만져도 되던 사순이. 사자 동 산에 살던 사순이는

자기가 좋아하던 사람이 쏜 총에 맞아 생을 마쳤습니다.

아프리카의 삶이 있듯 한국의 삶도 있습니다.

사순이가 한국에 살아서 불행했는지는 알 수 없습니다.

하지만 사순이를 잃어서 나는 불행합니다.

왜냐면 나는 내가 사랑하던 대상이 날 쏜다면 슬플 것이라는 걸 잘 알기 때문입니다.

사순이는 죽었고 죽음은 그냥, 아무것도 없는 상태.

그러니까 사순이는 불행하지 않지만 살아 있는 나는 사순이가 배신당한 것 같아 어쩐지 슬픈 겁니다.

쓸개와 담즙

곰 농장이 있다는 걸 SNS 보고 알았다
옴짝달싹할 수 없는
철창으로 가득한 농장
그곳에서 곰들은 아프다

산 채로 쓸개즙을 빼낸다는데

쓸개는 어디 있는 거지?
나는 어딘지 알 수가 없는 내 쓸개를 찾아 배를 만져 본다
영화에서 칼에 찔린 사람을 볼 때처럼
나도 모르게 막 아픈 느낌

우리는 모두 몸을 갖고 있다
아프면 울 줄 안다

어딘지 모르는 쓸개가 아픈 날
쓸쓸하고 기분 꿀꿀한 날

곰들이 보금자리를 찾을 때까지

나는 괜히 쓸개처럼 느껴지는 곳이
살살 아플 것 같아

Home 1

어떻게 한 번도 만난 적 없는 대상에게
사랑을 느낄까?

사랑해 사랑해

멀리 떨어져 있는 내 가수에게 마음을 주듯
나는 곰들에게 마음을 주고 있다

곁에 있어 주지 못하지만 늘 행복하길 바라는 마음

마음이 심장에 있다고 하는 까닭을 이해한다
나도 모르는 새 뛰고 있는 심장
돌고 도는 피처럼

내 사랑도 모르는 사이 내 안을 한 바퀴 돈다
두 바퀴 돈다
자꾸 돈다

멀리서 널 응원해 항상 잘 되길 기원해

곰들이 모두 집을 찾길 바라
집은 아프지 않은 곳

집은 따듯해야 하고

심장엔 우심실도 있고 좌심실도 있다
실(室)은 방이란 뜻

내 마음도 누군가의 방일 수 있다면

식탁 예절

옥수수를 잔뜩 먹은 거위는 목이 비틀어진다
일부러 살찌우고
세계 제일의 음식
미식
그런 단어들 속에 담긴 폭력성을 생각하면
참 두렵지요 세계 제일 동양 최고 그런 말들
우리는 최고가 되지 않아도 행복해질 권리가 있다고

무서운 건
간을 빼 먹는 구미호
거위 간을 빼 먹는 사람

옥수수가 자란다
바람이 불면 우수수 알갱이가 떨어진다
작은 구덩이에서 솟아오르는 건
생활 맛있지 않아도 대충 때울 수 있는 한 끼
그런 건 좀 시시한 것도 사실이지만

너는 순대 안 먹어? 간이나 허파를 안 먹어?

먹습니다 먹으면서도 늘 좀 꺼림칙한데

그건 내가 살아 있기 때문이에요
모든 생물은 왜 남을 상처 입힐 수밖에 없을까
그런 생각을 하면 스스로 상처받는다

밥상머리 앞에서 그러는 거 아니다
나를 쪼러 온 거위가 식탁 앞에 앉아 말한다

도도한 도도새

인간이 없던 섬
인간을 본 적 없어서 무서워하지 않던 새
친숙하게 다가오다 전부 죽임을 당한 새
도도할 것 같은 이름과 정반대로 좀 맹한 새

세상에 없는 새의 울음을 듣는 저녁

친해지고 싶은 친구들이 있지만 은근히 따돌려진
나는 마음이 아프다
하지만 괜찮은 척, 쿨한 척

도도새도 친해지고 싶은 마음이었겠지

마음을 죽이는 상대는 그런 걸 알 리 없다
아무것도 모르고 다가가면 상처받는 일 잔뜩

내 마음엔 지구의 마지막 도도새가 산다
멸종되고 싶지 않아
오늘도 꽁꽁 감춘다

Home 2

누구에게나 집이 있다
그게 정말인가요?
집은 우리가 누울 곳 쉴 곳 집은…….

새도 있고 동물도 있고 사람도
……아마도 모두가 가져야 하는 곳

집 사랑 사람
집 사람 사랑
사랑과 사람 사이에 집

집을 찾아가고 싶은 강아지들이
보호소에서
집을 그리며 짖는데

집을 찾은 강아지는 이 철창을 떠나거나
아니면 영영 떠나거나

세상을 떠난다 라는 말

떠난다
떠나간다 란 말의 쓸쓸함

모두가 집을 잃지 않길
모두에게 집이 있고
사랑이 있고
그 안에 동물이
그리고 사람이
있길
바람은 너무 추상적이어서 바람이라고 불리나 봐
눈에 보이지 않는 바람이 우리 마음을 마구 헝클어뜨
리고

머리카락을 흐트러뜨리는 바람 속 구체적인 집을 그려
봅니다
우리가 살 집을

인간 멸망 10년 후

인간이 없으니까 세상이 아름다워졌다,
이건 내가 하는 게임 속 이야기이다.
꽃과 풀이 만발하고 새들과 사슴이 뛰어논다.
빌딩에 아른거리는 기린 그림자.

인류가 멸망하면
내가 죽어 사라지는 것도 무섭지만 이런 풍경을 못 보는
게 슬프다.

우린 왜 함께할 수 없는 거지.
더 아름다워지고 싶은데.

공존이란 말은 어렵지만 같이 산다는 말 아닐까.
공공의 존(zone)
상상해 보지만

동물의 천국에서 인간이 어떨지 상상이 잘 안 가.
멸망해 본 적이 없어서.
우린 해 보지 않은 건 잘 모르니까.

3부

초등학생 땐 어기면 큰일 나는 줄 알았던 것들

Love Yourself

나는 뭔가가 될 것이다
뭐라고 말할 수 없지만
거대하고 대단한 무엇인가
그것이 좋은 건지 나쁜 건지 모르겠지만
어쨌든 크고 강한 사람으로 완성될 거다
무슨 근거로 그리 생각하냐고?
내가 나를 버리면 아무도 나를 믿지 않을 거니까

결국 나는 거대한 뭔가가 될 것이다
꼭 반드시 기필코
그럴 것이다

쉬는 시간도 때에 따라

학생이라면 무조건 쉬는 시간을 좋아할 거라고 착각하지 마세요.

새 학년 학기 초엔 안 그래요. 반에 제대로 친해진 친구가 없을 때, 쉬는 시간에 멍하니 있으려면 뻘쭘해요. 내 짝은 다른 반에 더 친한 친구가 있다고 가 버리고. 그렇다고 친하지 않은 애들한테 말 걸 정도로 뻔뻔하진 않아요. 아니, 뻔뻔하다기 보다, 자신 없어요. 넌 어디서 굴러먹던 애니? 라는 눈빛을 보내면 어떻게 해요? 사람마다 친구를 사귀는 데 걸리는 시간은 제각각, 나는 남보다 오래 걸리는 기분인데, 결국엔 친구가 생길 거라는 걸 경험했는데, 새 학년 새 학기엔 좀 뻘쭘, 아니 많이 뻘쭘. 세상엔 E만 있는 건 아니니까, 학기 초 쉬는 시간은 마냥 즐겁지만은 않아요.

착각

나는 유치하다
중요하지 않은 웃긴 얘기 하는 게 좋다
수업 시간에 농담이 담긴 쪽지를 받고
엄청 유치한 거 알면서도 웃음을 참지 못하고

결국 걸려서 혼나는 걸 보면
나는 유치한 게 분명하다

그렇다고 아무것도 모르는 건 아니라 어린애 취급은 참
을 수 없다
중요한 건 다 압니다 무시하지 마시죠

알 건 다 알아도 유치할 수 있지 않나?
그러니까, 나한테 웃긴 쪽지 보낸 사람은
선생님들이 어른스럽다고 믿어 의심치 않는 우리 반 반장

이거 봐요 다들 속고 있잖아요
이를 생각은 없지만

어른도 아니고 애도 아닌 우리는 그냥 웃음을 좋아하는
어중간한 나이
웃긴 녀석들

눈물 부자

울고 싶어서 우는 게 아니야
제멋대로 나오는 눈물

하필 많고 많은 것 중 눈물이 많아서

이런 부자는 사양하고 싶은데

나도 울지 않고 똑바로 말하고 싶어
아무도 안 우는 장면에서 혼자 우는 것도 쪽팔려

눈물을 흘리지 않고 모으면
바다라도 될 거 같은데

내 몸 안에 샤워기라도 설치됐는지
자꾸자꾸 솟아나는 눈물
덩달아 흘러내리는 콧물

나는 부끄러운 바다
짠물 부자

실은 정이 많고 감수성 풍부하다

아무리 놀림 받아도
퐁퐁 솟아나는 눈물 막을 순 없지
바다가 마르면 그 안의 생물이 죽는 것처럼
내 안의 감정을 죽일 순 없으니

11

평범하게 사는 게 제일 힘들다던데
평범이 뭔지 나도 모르겠어
가만히 있으면 중간은 간다는데
중간이 어느 정도인지도 모르겠고

반에서 딱 중간인 성적을 받으면
기분이 좋진 않을 거 같다
5등 밑으론 잘했다고 쳐 주지도 않으니까

평범은 수치가 아니고
중간도 실제 등수보단 기분의 문제

가만히 있으면 중간은 간다
가만히 있으면 21명 중
10등이라는 건지 11등이라는 건지
가만히 있으라는 건지 중간에 있으라는 건지

그러니까, 내가 기말에
11등 해 버렸다는 말이다

패션의 완성은 검정 비닐 봉다리

몸엔 뭘 담을 수 있을까
어제와 오늘 오늘과 마늘
아린 눈물을 담아서
달랑달랑 흔들며 걸어 다니지
삼선 쓰레빠를 신고
산꼭대기 집에서 바다 건너 편의점까지

갈 수 있을 때까지
고민이나 슬픔을 잊을 때까지

내 손에 들린 마음을 담은 봉지
부스럭거리는
목소리

이토록 가벼운 자루를 누가 만들었나요 누가 발명했나
요 나도 좀 더 가볍고 좀 더 반짝이고 싶은데

봉투 백 원인데 필요하세요?

깨지지 않는 감정들로 골라 담아
빙글빙글 돌리며
마구 쏘다니지
공기와 바람을 타고
멋짐의 나라에 닿을 때까지

소풍과 풍선

커다란 화장 가방 그득히
맛있는 음식을 담아 가자
치킨과 샌드위치 김밥과 누드김밥
버블티와 우유 유제품은 칼슘이 풍부
방 한가득 쏟아부은 화장품들이
집에 혼자 남아서 심술을 부릴 테지만
아무 데나 낙서하고 얼굴을 그릴 테지만
나 없는 데에서 뭘 하든 알 바 아니지
내 방엔 얼굴이 없지만 얼굴 모양 화장이 가득하겠지
입술 없는 립스틱 입술 모양 입술
눈썹 없이 치켜 올라간 마스카라
그동안 나는 민낯으로
소풍 갈 거니까
풍선을 불며 풍선껌 불며
빵하고 웃음이 터질 때까지
산소가 희박한 곳으로
놀러 가야지

아름다운 뚝딱이

친구가 자주 도발한다,
너는 왜 아름다운 뚝딱이만 좋아해?
내가 좋아하는 팀 멤버가 잘생겼는데 춤을 못 추고 노래
도 못한단다.
그걸 아름다운 뚝딱이라고 부르는데
참나, 그게 무슨 소리람.

나는 그 사람이 아름다워서 좋아하는 것도 친구 말대로
뚝딱거려 좋아하는 것도 아니다.
나는 그 사람의 손목이 마음에 들었다. 마이크를 들었을
때 소매와 손 사이에 드러나는 손목.

이상하다고?
원래 사랑에 빠지는 계기는 사소해.
나만 보이는 장점을 찾다 보니 비인기 멤을 좋아하기도
하지만
어쩌겠는가.
내 마음이 그런 걸.

세수 중 멍때리기

우리는 종종 까먹지
너에게 하고 싶었던 말과 오늘 낮의 일과
착한 맘을

짧은 시간 동안 일어난 일
네가 두 눈을 감고 물을 얼굴에 끼얹을 때
일어난 사건

노래 제목이 생각나지 않아서 갑갑할 때 세수가 말을
건다
그럼 노래 제목을 잊어버렸다는 사실조차 잊을 수 있다

오늘의 먼지와 때가 거두어지고
새로운 먼지와 때를 맞을 준비를 시작한다
뭔갈 하는 사이에 뭔가 또 시작되다니?

자꾸 기다리니까
조금 색다른 거, 조금 갱신된 거
지루하지 않은 사람이 되고 싶으니까

순간 내가 나인 것도 까먹어서

하루 일과 중 가장 생각 없이 행하는 일
얼굴에선 뽀드득거리는 소리
빡빡 표정을 지우기

여행의 계획

늦은 귀갓길 버스 뒷좌석의 우린
아직 닿지 않은 곳을 생각한다
두터운 목도리 속에서 떠올리는 따뜻한 볕
이글거리는 보도블록 여름옷의 행인 부채질하는 손
모두 아련히 흔들리고
밤의 요람같이 흘러가는 버스
가물거리는 불빛들을 스쳐 가네
우리 뒤로 사라지는 시간 시간들 우리였던 기억들
낯선 여행으로의 예감 속에
우리는 머나먼 것들에 가닿네
우리가 다녀온 갈대 습지 걸었던 호수공원을 되새기면
여행 전에 예상했던 것과는 달랐지만
좁은 의자에 끼어 앉아서 집으로 돌아가는 길
또 어디로 갈지 궁리하는 거지
지금 나는 아주 오래전의 내가 생각했던
나와는 다르다는 걸 알지만
계속 가고 있는 거야
그리하여 백 년이고 천 년이고 흘렀을 때
나는 지금의 내가 생각했던 것과는 너무도 다른

하나의 풍경으로 아른거릴 테니까
그것으로도 괜찮으니

사람이 줄어드는 순환버스 안
집으로 돌아가는 피곤한 몸 안에서
새로운 여행은 시작되고

손님이 다 내린 줄 알았던 버스 기사 아저씨의 놀라움

기사 아저씨들에겐 질주 본능이 남아 있지

거침이 없다 가끔 파워 드리프트에 열중해 손님도 까먹
는다.
얌전하게 길들여진 손님들은 그것을 이해하고 한편 부러
워한다
논과 논 사이를 산과 산 사이를
멈춤 없이 달리고 싶은 욕망이 모두에게 남아 있었지만
손님은 초라했다
정류장을 지나친 아저씨의 한마디
아직 사람이 있었네?
아저씨의 무아지경 속에 녹아들어 간 사람들은
비 그친 오후 분실된 우산같이 영영 발견되지 않는다
창문으로 몰래 탈출한다 다음 생에
시골 버스 기사가 되겠다 다짐하며…

…만약 다시 태어날 수 있다면

새벽 5시 24분

아침이 되자 새들이 일제히 우짖었다. 이렇게 시끄러운 표정. 길고양이와 눈을 마주할 때마다 무슨 생각을 하는지 궁금하다.

저 새들은 무슨 심보일까.

복도에 찾아온 까치가 방충망이 쳐진 현관 앞을 서성인다. 나를 보고도 도망가지 않는다. 제가 떠나고 싶을 때 떠나는 검은 눈알.

이곳에 뭘 얻으려고 왔니.

나는 수다를 기르고 있는데 넌 말도 안 걸고.

나는 쭈쭈바를 빨면서 현관에 쪼그려 앉는다. 한낮에는 여러 새가 한꺼번에 지저귀는 게 들리지 않는다. 소리들은 어느 나무 아래에서 쉬고 있나. 어느 나무 밑에서 죽어 가는가. 어쩐지 쓸쓸한 시간. 5시 24분, 곧 25분.

우리 집 고양이가 조용히 다가와 내 옆에서 꼬리를 말고 쉰다. 고맙게도 곁에 있어 주네, 말이 안 통해도.

흔한 동음이의어

접근 금지
갑자기 말이 차거나 물 수 있습니다.

내가 내 말로 당신을 얼마나 찼나요 당신을 얼마나 물었
나요
말들은 설원 위에서도 평화로운데 나는 뒤이을 말을 못
찾고 입 다물어 버렸어요
사진을 찍고 말을 만지려고 기웃거리는 연인들
그들은 얼마나 부드러운 말을 갖고 있나요 얼마나 다정
한 말을 기르나요
웃는 얼굴 순한 감촉
그 다정하고 부드러운 말들이 자꾸 새끼를 칠 테고 곧 들
판을 서성거리거나
트랙을 달리겠지요 하지만 트랙은 자유롭지 못 하니까
했던 말, 했던 말, 자꾸 빙빙 도는

우물거리는 말
풀을 뜯는 말
나는 하고 싶은 말이 많은데요, 또 당신을 물까 봐 조심

스러워진 거죠
　빤한 장난이에요
　사랑을 속삭이는 연인들, 사랑을 속삭이는 말들
　얼마나 많은 아이가 자라나서 힘을 뽐내며 뛰어다닐까요
　가만 놔두면 천방지축 사방을 메울
　그런 말이 튀어나올까 봐 나는 입을 다물고
　아니 울타리를 치고

　말이 사람을 위해 뛰지 않아도 되는 세상이 됩니다.
　왜냐면 우리에겐 말이 있으니까

금환일식*

반지를 녹이는 작업은 밤낮없이 계속되었다.
밤과 낮도 계속 이어졌다.
라듐**을 정제하는 마리와 피에르처럼, 몰두하는 오타쿠
처럼
학자와 마니아는 비슷한 부류.
나도 뭔가가 될 수 있다는 희망찬 분류.
팔에 강한 근육이 생긴다.
정신에 알통이 생긴다.
하루가 어디서 오고 어디로 가는 걸까.
커다란 솥에서 곤죽이 되어 버린 반지.
이것도 저것도 아니지만 아름다운 무엇이 되고 싶다는
욕심이 있어.
해가 뜨고 달이 뜨고 동시에 해가 지고 달이 지고
모든 가능성과 조합.
확률과 통계는 쥐약이지만
대신 좋아하는 것에 집중하겠다.
학자든 마니아든 마니아인 학자든
무엇인가 될 가능성이 해처럼 달처럼
뜨고 뜨고 뜨고

떠오르고!(지지는 않고)

* 일식의 한 종류. 달이 태양을 모두 가리지 못 해서, 반지처럼 밝은
테두리가 보이는 현상.

** 퀴리 부부가 발견한 화학 원소. 방사성을 띤다.

혼난 다음 날

이 기분은 언제까지 이어질까요?
반성이 지나친 빵은 금방 딱딱해지죠
곰팡이 핀 모닝빵이 부끄러워해요

상쾌한 얼굴로 일어나는 게 소원이에요
이루어지지 않아요
어울리지 않아요

비 내리는 아침
이부자리는 눅눅하고
간밤의 악몽이 널브러져 있어요

오늘의 아침은
오래된 구두 같은 빵 껍질과
자몽 껍질
더럽게 눌어붙은 자국

내가 짓눌려요
그러니까 이런 꿀꿀함

언제까지 이어진다는 건지
반성해 보아도 알 수가 없어요

어린이 기도서

욕을 할 줄 알아요
한 말을 되풀이하며 되풀이하며
되돌아가는 길
반으로 꺾인 길

모르는 사람들이 유턴하는 도로
갔던 길을 되돌아가는 사람들이 친근해질 때

강남 도로를 걷다가 했던 말을 기억합니까?
길을 걷다가 갑자기 돌아서는 건 촌스러운 일이야
헤매고 있다는 거니까

난 이렇게나 촌스럽고

갑자기 솟아오르는 욕설도
동물에게 보내는 짝사랑도
나입니다
착하지만 착하진 않아요
자꾸 꺾이는 길 위에서

내 목숨이 꺾이는 걸 느끼며
손가락이 하나하나 꺾이는 걸 알며
친구에게 말했습니다
다시 태어나고 싶다
왜
착한 사람 되고 싶어서
그걸 바라고 있다는 것 자체로 조금은 가능성 있다고
인정해 주세요 애교로 봐 주시고

이런 무뚝뚝함
이런 낯가림도
나입니다

팔을 꺾는
시계가 동물처럼 느껴질 때
처박아 둔 뽀뽀를 꺼냅니다
오래 꺾어진 길들 꺾어진 시간
누군가의 나이와 아픈 몸뚱이들
안녕

오늘 나에게 욕을 들어야 했던
가장 사랑하는 당신들에게도

선함에 대해

착한 게 뭔지 모르겠어요
확실히 난 좀 삐뚜름하긴 해요
착하지? 이거 해야 착한 거야
그러면 하기 싫거든요
좀 반항도 해 보는데

실은 뭐가 좋고 나쁘다는 것쯤은 알죠

내 입장도 모르면서
내 마음도 모르면서
자기 생각 좀 강요하지 말았으면 하고 생각하지만

괜한 분란 일으키기 싫으니까 가만히 있기

엄마 아빠한테 효도하고
쓰레기 버리지 말기
초등학생 땐 어기면 큰일 나는 줄 알았던 것들
나 너무 순진했지요?

그보다
싸우지 말고 물건을 아껴 쓰고 약자를 돕고

그런데
가끔 싸워야 할 때도
버려야 할 때도
있어요
약자가 대체 누군지 구분이 안 되기도 하고요

내 착함이 길을 잃을 때는
어떻게 하죠?

자포자기하면 선함도 버린다는데
선함도 물건처럼 아껴 써야 할까요?

잔소리 말고 가르치지 말고 바보 취급도 말고요
시키는 대로 하는 게 아니라 진정 내 마음에 드는
선함이 궁금합니다

감기와 몸살과 결석과

아팠다가 일어나니 땀이 난다. 옆에선 고양이가 사료를 아드득 까드득 세끼 연속 굶었다는 걸 깨닫고 뿌듯해진다. 집엔 나 아닌 누군가가 항상 밥을 해 놓는다. 그게 엄마일 가능성이 95퍼센트. 여자일 가능성 95퍼센트. 나머지 5퍼센트는 그 어떤 누군가가 될 수 있다는 가능성.

오늘부터 추워진다는 예보. 아직 추위는 오지 않았고. 날씨는 마음먹고 오는 모양이다. 나는 어떤 마음도 먹지 못 했다. 마음을 먹고 싶어서 항상 떠돈다. 미열이 남아 있어 외출은 삼간다. 고양이가 화장실을 찾아 창문 밖으로 나간다.

나보다 먼저 잠든 사람들. 이제 깨어날 시간. 나는 아팠다 일어나니 통 잠이 오질 않고. 오랜만에 일찍 잔 게 다 소용이 없어. 너무 많이 자서 하루가 그냥 가 버렸는걸. 시차 적응 따위 몰라.

내일은 기운을 얻어 돌아다닐 수 있을까. 내일은 일찍 자고 적당한 시간에 일어날 수 있을까. 자꾸 의심하며 돌아보기.

아팠다가 일어나니 어제의 나는 이불 속에서 영 일어나지 않는 것 같아서.

오늘의 나는 아프기 전과 달라진 것 같아서.

4부

멸종은 끝이 없고 영원은 어림없지

꿈

깜빡하는 순간
사라지는 문장
메모장을 켜는 순간
사라진 말들

무엇인지 기억할 수 없는
간밤의 꿈처럼

네게 아닌 것을, 네 것이었다 떠난 것을
너무 오래 생각하지 마

다음 이야기가 올 자리를 비워 두고
잃어버린 건 그냥 잃어버리자

대신에
다음엔 꽉 붙들기
놓치지 않게 꼭 적어 두기

나의 해변

나는 매일 창을 열고 뛰어드네
내 안의 바다로
노크도 없이 쳐들어오는 이미지들
꽃병은 바다 위에 놓여 있고
성게가 가라앉은 나의 방
나는 파도와 배드민턴을 치고 수평선에 앉아 있네
세상 모든 배들이 내 방으로 달려오는 동안
벽이 왜 있어야 할까 벽이 있기는 할까
방은 먼 곳까지 넓어져서 바다가 되고 하늘에 닿고
나의 눈이 넓어지고 넓어지고
자꾸 넓어지는데 바보같이
방 안에 가라앉아서 뻐끔거려 보았네
성게처럼 따끔거려 보았네
가장 좁은 몸 안에서

틴틴

동물원에는 이끼가 잔뜩 낀 북극곰이 초록초록 걸어 다
니지
틴틴은 야시장 출신이야
야구공을 던지고 받아 온 연두색 곰
공을 세게 맞아서 목이 약하단다
엄마가 이불 꿰매던 바늘로 떨어진 머리를 목에 붙여
줬지
내 머리도 엄마 뱃속에서 붙어 나왔어
머리부터 나오지 않음 곤란하니까
이불 밑에는 다리가 8개나 삐죽 나오고

틴틴은 연두색 나의 친구 새로운 종 새로운 프랑켄슈타인
멸종은 끝이 없고 영원은 어림없지
멸종이 어림없고 영원은 끝이 없는 것처럼
머리를 꿰매면 부활하는 틴틴처럼
나는 엉망진창인 친구를 사귀고 싶었지
틴틴
나의 인형

나와 나의 룰루랄라

한 몸이 되길 원했지만 외롭고 외롭고 외로웠다, 혹은
코골이 코골이 코골이었지.
오른쪽 귀에 같은 귀걸이를 나눠 꼈지만
왼쪽 귀엔 각각 이빨과 막대사탕
공통점과 차이점 때문에 자꾸 가까워지고 멀어지는 우
리 사이엔
조석 간만의 차이가 있어
불길한 에너지가 태어났지

룰루, 낮은 속삭임, 이빨과 이빨의 맞부딪침
랄라, 실로폰 소리, 사탕을 핥아 먹는 날름거리는 혀
둘 사이에 수렁과 허들이 쌓여 있어
체육 부자재실처럼 습하고 어둡다
거미는 리듬을 공중에 그려 놓고
누군가는 룰루, 랄라를 한 몸처럼 부르겠지만
둘 사이엔 무심한 사랑과 빈 깡통만이.
적당히 닮았고 적당히 달라서
외로워요 밤새 코를 고는 가족들 사이에 홀로
깨어 있는

룰루와 랄라

멍멍개 교집합

도저히 나아지지 않는 나 때문에 가장 속상한 건 나지
네가 개의 얼굴로 앉아 있는 동안
밥은 식어 가고

우리 사이엔 테이블
테이블 위에 오렌지
오렌지 주위에 퍼지는 공기
뭉클뭉클 자꾸 증식하는

어디까지 우리의 범위로 인정될까
내가 마시는 들숨과 널 향한 시선
어디까지 침범하게 해 주겠어
우리는 허락도 없이 자꾸 남의 영역에 접어들고

나 어제 네가 묻어 둔 뼈다귀를 보았다
혼자 먹으려 했던 거야?
그까짓 쓰레기 탐나지 않지만 자꾸
치사해지는 점까지 내게 속해 있어

미원을 빼 달래 놓고 맛이 없다니
건강을 염려하는 너와 미식가 네가
나란히 앉은 테이블

조미료 통을 뒤지러 간 나는 그만 날짜 변경선을 넘었다

기다리란 말에 기다릴 수 있는
개의 자세를 배우지 못해
나는 네 소중한 뼈다귀를 갉아먹지

그래도 서로 익스큐즈 해 주자
귀엽다면 조금만 이해하면서

배드민턴 강도단

배부른 저녁 우리 마트 갈까
그런 기분의 슬리퍼
가방엔 배드민턴 채가 삐져나와 있어
검은 양복의 보안요원에게 인사하고
어떤 물건도 훔칠 생각이 없지만
뭐든지 쓸어 담는 카트
고양이 모래, 브라우니 믹스, 워셔액과 백 년의 시간
슬리퍼는 덜렁덜렁
날이 좋고 기분이 좋고 특별할 거 없는 저녁
특별할 리 없는 산책이 좋아서 우리는 배드민턴 채를 얼
굴에 대고 웃으며
행복을 노략질한다
세상에 가득한 격자무늬 행복
봉지에 가득 담고 빽빽 소리 내는 동굴을 나서서
무전기 소리가 시끄러운 폭포를 지나
우리를 방해할 사람 없다네
우리는 슬리퍼를 끌고 집으로
얼굴에 격자무늬 남긴 채로
마트 카트를 타고서

온몸엔 격자무늬

무모한 산책

　우리는 달팽이를 피해서 걸었다. 수풀과 산비탈을 가로지르는 도로, 차는 다니지 않고 조깅하는 사람들만, 저마다 저지를 입고 운동화를 신고 빠르게 다음 자리로 옮겨갔다. 우리는 달팽이를 피해서 걸었고 아스팔트 위에 짓이겨진, 더러운 점액질 발자국. 반쯤 깨진 껍데기. 우리는 달팽이였던 자국들도 피해 걸었다. 몇 마리나 살아서 산으로 올라갈까. 왜 산으로 올라갈까. 수풀은 어두웠고 개구리나 맹꽁이 따위가 우는 소리. 우리는 달팽이를 피해 걸었다. 길을 반 이상 지나온 후에야 달팽이를 발견했다. 수많은 달팽이를 피해 걸었지만 운동화 바닥을 확인해 보지 않았다.

　어째서 목숨을 거는 걸까.
　목숨을 걸어 보지 못 한 너는 이해하지 못 하겠지만 목숨을 걸어야 하는 때도 있는 거야.
　무식하게 목숨을 걸어야만 아는 거야? 나는 목숨을 걸지 않아도 충분히 알 것 같은데.

　이상한 대화 끝, 우리는 땅만 살폈다.
　비 갠 한밤. 똑같은 모자를 쓴 중년의 남녀. 앞만 보며 빠

르게 걸어오고 공원과 공원 사이의 아스팔트 위엔 달팽이
가 많아서, 우리는 피해서 걸었다.

맹꽁이들은 사람이 없는 곳으로 흩어졌다.

바람의 말

택배 올 것도 없는데 문 두들기는 소리 나요
해골에서 탈출한 가는 손가락들 철창에 매달렸나 봐요
녹슨 창틀을 흔들어 대요
질질 끄는 발소리
누군가 문 앞을 서성여요
모른 척 귀 막아도 두들김은 점점 심해져요
내 몸이 흔들려요
20세기 기념 컵이 깨지고
클로버가 무성한 화분이 넘어져요
바닥에 납작 엎드려요
먼지가 앉은 샹들리에가 떨어져요
도망가던 생쥐들이 피를 흘려요
나는 계속 고집을 부리고
퍼즐처럼 나누어진 벽이 파삭거리며 날아가요
날아간 지붕 너머 허공을 걷는 젖소들
머리를 감싸고 눈을 꾹 감아요
태양이 탁구공처럼 튀기고
늙은 별이 떨어져요
우주가 다 날아갈까 무서워

덩그러니 남은 이 세상 유일한 현관문을 열어요
빈 음식물 쓰레기통을 들고 선
기억력이 많이 나빠진 바람
할아버지 여기 할아버지 집 아니에요
항상 어리둥절한 얼굴의 바람이 말해요
여기 우리 집 맞는데요. 맞는데요.

아파트

지붕들은 견디고 있다
아까 내린 밤의 무게
플라스틱 기왓장과 가벼운 새의 발목
마블링처럼 얼룩진 똥
불규칙적인 냄새 자꾸 찔러 대는 웃음소리
중력과 숨바꼭질하는
근육질의 천사들
그런 모든 것의 무게를

뜯어진 솔기처럼 지붕이 찢어지고
플라스틱 기와가 하나하나 하늘로 솟아오를 때
어떤 중력은 괴짜다
위로만 향하는 외골수 계단
어떤 중력은 메롱 약을 올린다
하늘로 하늘로 올라가는
티브이 소리 말소리 정확히 말하자면
사람 말소리와 동물 말소리
창문이 하나, 둘, 셋…….
끊임없이 복사되는

방만큼 많은 우주

반팔

길은 계속되도다. 햇볕이 뜨겁고 끈적거리는 아스팔트. 가고 싶은 길로 가라. 흰 운동화를 신고 어디까지나. 발바닥이 달라붙어도 언제까지나. 끊기지 않고 잘리지 않고 접히지 않는 길 위. 둥근 어깨가 빛난다.

멀리서 들어 올린 흰 팔. 당신을 응원하는 긴 팔. 흔들흔들 흔들리는 부드러움. 내일은 친근한 얼굴로 다가온다. 간단한 안부를 묻고 애인과 만난 지 22일 되는 날을 축하하고 다시 각자의 길을 가기. 이글거리는 거대한 팔짱 사이에서 땀이 솟아난다. 모자란 관심이 솟아난다. 목까지 단추를 채워라. 서로에 대한 가벼운 예의로, 얌전하고 아름답게, 언젠가 풀어헤칠 수 있도록.

가을

다 자란 다람쥐들이 쫓아온다.
팔뚝을 내놓고 근육을 사랑하며 날려온다.
앞치마는 펄럭이고 스프링이 달린 목마가 뛰지 못 한다.
쓰러진 통나무에서 통통한 벌레들이 줄지어 나온다.
스프링 같은 몸 목마 대신 꿈틀꿈틀.
징그럽고 싫은데 벌레 먹은 과일을 먹으면 예뻐진다고?
잠깐 솔깃했지만,
아냐. 그래도 싫은 건 싫다.
엉뚱하게도 이것이 내가 가을에 느낀 감정.
볕이 눈알을 찌르는 것처럼 팍 꽂힌
느낌들.

개성

콩과 싸울 팥을 모집해야지
우리는 모두 아름답고 자주 잠꼬대를 한다
추하지 않다는 건 문제일까
눈과 귀가 서로 질투하고 할퀴고 꼬집을 손이 없어서 아
쉬워한다
손가락들이 출타 중이다
아름다운 강아지가 입을 벙긋거리고
알이 꽉 찬 사과들이 방울 소리를 낸다
예쁘장한 꿈들은 저녁 늦게, 아침 일찍 이어진다
백일몽은 이글이글 타오르고

엑스트라까지 훌륭하자 주인공이 비명을 질렀다
피리 소리가 멀리멀리 퍼졌다
여긴 그냥 모두가 훌륭한 세상이에요
귀엽고 예쁘다는 게 흠이 될 수 있나?
못생기고 흠집 난 사과가 달콤한 향기를 풍기자
벌레가 몸매를 자랑했다
어쩌면 너마저 이렇게 아름다워?
약 오르는 세상

밤에 오는 비의 유니콘적 성질

오늘 밤 비가 말처럼 뛰어다닌다
모두 발굽을 새로 갈아서 사방팔방 내린나
발소리는 일치하지 않지만 묘한 리듬을 자아낸다

작아졌다가 커졌다가
옆구리에 목발 하나를 낀 탭 댄서는 남들보다 한층 다채
로운 소리를 낸다

자꾸 움직이는 발과 커다란 눈
귀를 막아도 파동으로 전해진다

수많은 발들이 발가락을 오므리고 있다
투명할 정도로 하얗고 간혹 밤과 구별되지 않게 검다

하나하나 페디큐어를 칠해 주고 싶다
그럼 발은 우쭐해지고 복숭아뼈가 별처럼 빛날 거니까
멀리서 말 달려오는 진동이 느껴진다
근데, 말의 발굽에도 매니큐어를 칠할 수 있는 건지?

다그닥거리는 소리
대지 위엔 수많은 발자국이 찍히고
바닥에 닿은 비는 녹아 없어진다
먼 곳으로 떠난
모든 발들이 다정하게 포개진다
사람들이 유니콘이라 부르는 것의
발자국이 도랑을 이룬다

전설적인 것을 상상하면 공기가 맑아지고
마음이 상쾌해진다
어둠 속에서 빛나는, 뿔 달린 비
편자를 벗고 뛰어다니고 싶다

두 명의 열두 시

열두 시는 열두 시에서 도망친 열두 시
열두 시에게 쫓기는 열두 시
열두 시와 열두 시 사이에 일어나는
계곡과 태양의 이야기

열두 시는 열두 시를 맛없는 도시락처럼 사랑하고
엎질러진 보온병처럼 미워했다
보온병 가득 담긴 노란 액체
흘러 흘러 열두 시와 열두 시의 얼굴이
도랑처럼 흘러간다

말을 몰고 사라진 남자 쥐덫에 걸린 쥐를 키우는 여자 야
생마를 사냥한 여자 쥐를 혐오하는 남자

열두 시와 열두 시는 같은 이름으로 불리고
다른 옷을 입고
서로가 서로인 듯 갸웃거리고
가끔 자기 자신을 헷갈려 한다
화해하자 악수하자 손을 마주 잡으면

엎질러지는 밤과 낮
정오와 자정의 춤곡

우리들은 자란다

늘어선 상점엔 밤새 불을 밝힌 전등. 전등갓에 감귤 색을 칠한다. 수많은 그림자가 맛있게 늘어난다. 돌아가는 바비큐는 누구의 고기일까. 어디로 뛰어갔을까. 장례 미사를 마친 사람들이 즐거워 보인다. 반딧불을 가둔 풍선을 손에 든 사람들이 스쳐 지나간다. 새하얀 달을 강조하기 위해 칠해진 그림자. 캄캄하게 밝은 밤.

국수를 말아 먹는 사람들의 뒷모습이 투명하다. 뽑기를 사 달라고 손가락질하던 아이들이 손가락 끝으로 멀어진다. 긴 터널을 무릎으로 기어 나가면 집에 도착한다. 어제를 잊느라 잠이 잘 온다.

해가 뜨면 사람들은 말했다. 그건 작은 야시장일 뿐이었다고. 목도리를 길게 맨 사람들. 하얀 우리들을 그림자가 보고 있다. 그림자는 자꾸 키가 자란다.

내가 걷어차자 히이잉 울면서 뛰쳐나갔던 고무 말.

나는 바람 빠진 몸으로 깡충깡충 사람들 틈을 헤쳐 나갔다.

자연
—환절기

얼굴들이 볼을 맞대고 있다. 물소의 커다란 뿔 사이, 마른 나뭇가지로 집 지은 작은 새 한 쌍.

칠이 벗겨진 미끄럼틀은 볼거리를 잃고 둥지는 자꾸 잎을 떨군다.

소머리 위에서 잎사귀가 끊임없이 흩뿌려진다.

서로를 확인해야 안심하고 잠들 수 있다. 꿈속으로 미끄러지고

사과 한 알, 마른 잎사귀, 미끄럼, 새알, 녹슨 스프링, 비눗방울.

모두 미끄럽고 싶어.

자꾸 구름이 찾아오고 하늘이 밀려난다.

빈 그네가 씰룩이고

계절은 기름칠해 주지 않아도 잘 돌아간다.

아이들이 어디론가 뛰어가고

아이였던 내가 어느새 자라 있다.

에브리 싱글 데이

지구의 생일날
먼 곳에서도 선물이 날아 왔어요
택배 기사들은 선물을 문 앞에 던져 두고 갔어요
가끔 날아온 선물에 맞아 지구인들이 코를 감싸 쥐고 주
저앉기도 했죠
나로 말하자면 커다란 공단 리본을 칭칭 맨 달과
별 폭죽이 딸린 구름 케이크를 선물했어요
나는 늘 케이크에 얼굴을 박는 걸 싫어했어요 노는 것
보다
먹는 게 좋으니까 하지만
밀가루와 달걀과 바람으로 범벅된 얼굴로 지구는
웃어 보였지요 흐르는 노을이 코피처럼 하늘을 물들였
지만 즐거웠죠
후! 하고 지구보다 훨씬 큰 태양을 끄자
온통 깜깜해졌어요 소원을 비는 사이
펑 터진 별 폭죽이 점점이 빛나요
리본이 스르륵 풀리고 반쯤 드러난 달
내일 받은 선물은 오늘보다 흐리거나 맑을 거예요
2배속으로 축하 노래를 부르고 황급히 형광등을 켜면

거짓말처럼 하루가 시작됩니다
매일매일이 생일이에요

5부

작가의 말 : 어리던 어느 날

풍선껌이 터지기까지

　뚱뚱하기로 반에서 1,2위를 다투지. 나는 짜장면 집 딸. 매년 키가 크는 만큼 살이 찌지. 다 자라면 엄마가 오목렌즈를 사 준대요. 우리 집에서 나는 예쁜 소녀.

　주방에서 노는 소녀라네. 아빠의 손에서 밀가루 반죽이 수백 가닥으로 늘어가지. 마술사의 모자에서 흰 토끼가 나오고 단칸방엔 새하얀 바퀴벌레가 나오네. 우리는 밀가루를 나눠 먹었지만 내 귀에 들어간 것과는 친해질 수 없어. 귓속을 맴돌던 바퀴벌레는 터진 채 발견되었지. 처음으로 내 몸에 살다 간 너를 기억해야지. 나의 몸은 죽음의 소굴. 많은 유령이 둥지 트니까. 종종 강시들이 튀어 오르고

　나는 중국집 딸. 중국엔 관심이 없지. 홍콩 누아르 영화를 즐겨 보고 홍콩이 아직 영국 땅일 무렵. 수학여행 전날도 늦은 밤까지 장국영이 나오는 비디오를 보지. 경주행 버스에선 잠을 자지. 무열왕릉 앞에서 찍은 단체 사진. 나에게 어깨동무한 사람은 누구?

　뚱뚱하기로 1,2위를 다투던 나는 이제 고도 비만이 아니지. 암 수술 후 아빠는 다시는 수타면을 뽑지 않고 세스코맨은 부르면 언제든지 해충을 박멸하러 달려오고 게시판

113

에 댓글도 친절히 달아 주고 이제 경주보다 외국으로 수학여행 가고 싶어 하는 것처럼 졸업식 때도 중국집보다 패밀리 레스토랑에 가고 싶어 하지.

그때 장국영은 중국인도 홍콩인도 아닌 캐나다 국적이었지.

열에 들뜬 밤

우리가 만나기 한참 전
어리던 어느 날
밤새 앓던 네 곁에 있지 못 했지
이제야 그 시절이 아쉽다
네가 악몽을 꾸고 일어나 잠 못 들 때
나는 비단잉어가 노는 연못 속을 걸었을지도, 차가운 물
차가운 밤에 꿈 없는 깊은 잠 들었을지도
어린 손을 잡고 이제 괜찮다고 말하지 못 했지
작은 이마에 손 얹어 주지 못 해
손 얹어 주는 사람 없어서
너는 그대로 생채기를 안고 자랐다
밤새 깨어 있어도 혼나지 않는
어른의 날은 지나가고

무서운 얼굴들이 찾아와
잠 못 이루던 어린 네가
나에게 보챈다
같이 금붕어 낚시 가자
맑은 잠으로

서로를 키우는 사랑

나는 고양이와 살고 있다. 이름은 철수.

철수는 엄마가 일하던 공장에서 길고양이 '이쁜이'가 낳은 세 자매 중 한 마리였다. 공장에 다니던 아주머니들은 새끼들의 성별도 모른 채 이름을 무작위로 지었다. 그 이름들은 각각 철수, 순이, (못)난이였다. 나중에 알고 보니, 세 마리 모두 암컷이었다.

그중 가장 수다스러운 철수가 우리 집에 먼저 입양되었다. 철수가 제 이름을 알아듣기에 새 이름을 붙이지 않았다. 그래서 철수는 2011년부터 14년이 지난 지금까지 '철수'라는 이름으로 불리고 있다. 철수의 정확한 생일은 알 수 없지만, 내가 생일을 3월 3일로 정해 주었다. 대략 그때쯤 태어났을 것 같았고 기억하기 쉽기 때문이었다.

사람인 우리도 그렇지만, 철수도 남들과 함께 살아가기 위해 제 의지와 상관없이 많은 것들을 받아들여야 했다. 동물과 함께 살면서 가장 고민스러운 부분이 바로 이런 것이다. 철수가 무엇을 원하는지, 무엇을 싫어하는지 정확히 알 수 없다는 점.

하지만 나 역시 내가 뭘 원하는지, 뭘 원하지 않는지 잘 모를 때가 많다. 아마 독자들도 대부분 비슷할 것이다. 다만, 내가 어렸을 때 내 이름을 그다지 좋아하지 않았던 것처럼, 철수도 그럴 수 있지만, 불만을 표현할 방법이 없다는 정도의 차이가 있을 뿐이다.

이제 철수는 노묘가 되었다. 철수를 보며 늘 많은 생각을 한다. 나도 여러 번의 수술 끝에 몸 속의 장기 몇 개를 잃었는데, 철수도 중성화 수술로 자궁을 잃었다. 사는 일이란, 가지고 있던 걸 하나씩 잃어버리는 거라 생각될 때가 있다.

그러던 중 최근 철수의 수염이 짧아지고 숱도 줄어들었다는 사실을 깨닫고 조금 놀랐다. 고양이의 수염을 주우면 행운이 온다는 소리, (물론 억지로 뽑은 것이 아니라 자연스럽게 떨어진 수염만) 그 말을 믿으며 수염을 모으기도 했다. 예전에는 길고 억센 수염을 자주 발견했는데, 요즘은 그런 수염을 찾기 힘들다. 철수가 건강하고 활발해서 그런 변화를 몰랐던 것 같다. 심지어 나는 거의 매일 "우리 애긔 귀여워!"(애긔는 맞춤법에 맞지 않지만 그 느낌은 이렇게만 표현 가능하다)라 외치며 뽀뽀를 날리곤 했는데, 철수의 변화를 늦게 알아차렸다.

너무 가까워도 보이지 않는 것들이 있다.

짧은 시간 동안 우리와 함께하는 친구들을 생각하면 종종 마음이 아프다. 그럴 때에는 오래 사는 동물 친구들, 이를테면 대형 앵무새나 거북이와 함께하는 삶을 상상해 보기도 한다. 그러다 문득, 그들보다 내가 먼저 죽게 되면 보살펴 줄 사람이 없어질까 두려워진다. 모든 근심 걱정의 끝엔, 내가 바보 같다는 결론에 가닿는다. 사람끼리도 얼마나 많은 시간 함께할 수 있을지 알 수 없으니까. 그래서 살아 있는 동안 서로에게 충실해야 한다고 말하는 건지 모른다.

사는 것은 계속해서 잃어 가는 것, 나 자신의 신체 일부뿐만 아니라, 소중한 사람이나 동물들을 떠나보내는 일의 연속이다.

사랑은 한정 없는데 삶은 한정되어 있다. 그래서 마음 깊은 곳에서 샘솟는 사랑을 다 못 나눌 것 같아 아쉽다. 어릴 때부터 눈물과 콧물이 왜 끝도 없이 샘솟는지 궁금했었다. 사랑도 살아 있는 한 그렇게 샘솟는다는 것을 철수와 살며 깨달았다.

우주 공간에서는 눈물이나 콧물이 흐르지 않고 고인다고 들었다. 중력이 없기 때문이다. 눈물을 흘리면 자연스럽게 콧물도 나오는데, 이 체액들이 고이면 스스로 질식할 위험이 있으니 조심해야 한다고.

사랑도 마찬가지다. 샘솟는 사랑을 나누지 않으면, 우리

118

는 오갈 데 없는 마음과 사랑에 질식해 죽을 것이다. 사랑을 자꾸 흘려보내고 싶은데 상처 받기 쉬운 세상, 마음 주는 것이 힘들다.

그런 어리석고 겁이 많은 나의 애정을 너그러이 받아 주는 동물 친구들에게 고맙고 또 고맙다. 더불어 너그러운 사람 친구들에게도 그렇다.

나는 동물을 사랑하지만, 그들을 위해 실제로 하는 노력은 별로 없으니 퍽 이기적이다. 그리고 만약 이 글을 읽고 있는 독자가 청소년이라면, 좀 징그럽게 들릴지도 모르지만, 사실 청소년들 또한 내 짝사랑의 대상이다. 다가가고 싶지만, 방법을 몰라서 결국 나는 그저 혼자서 짝사랑만 하고 있다. 원체 내성적인 나는, 남에게 억지로 다가가거나 성급하게 행동하지 않는다. 대신, 천천히 최선을 다해, 눈을 깜빡이고 있다. 내 시에 눈이 있다면, 그 눈은 아마도 당신에게 열심히 눈을 깜빡이며 해치지 않는다고 속삭일 것이다. 길고양이를 마주할 때처럼 말이다.

나는 이 시집이 누군가를 가르치거나 교훈을 주는 책이 되기를 바라지 않는다. 책을 읽고 나서 교훈을 얻는 것도 중요하지만 사실 작가로서 내가 바라는 것은 독자들이 이 책을 읽고 그저 즐거운 시간을 보냈으면 하는 거다.

교훈을 주기에는 내가 아직 너무 부족하고, 나 역시 계속 배우고 있기 때문이다. 뭔가 자꾸 배우고 생각하다 보면 나, 결국 조금 더 자랄 수 있을지도?

이 책을 읽는 분 중에는 아직 키가 더 자랄 사람도, 이미 성장이 끝난 사람도 있을 것이다. 그러나 키와 달리, 마음은 계속 자란다. 줄어든 수염이나 머리숱이 쉽게 재생되진 않겠지만 사랑은 자란다. 눈에 보이지 않을 뿐이다.

반대로 마음은 자주 쪼그라들기도 한다. 그럴 때마다 거북목을 피하기 위해 스트레칭하는 것처럼 내 마음을 쭉 펴 본다. 다정한 동물이나 사람, 먼저 세상을 떠난 모든 친구들, 그리고 내 책을 읽어 줄 독자들을 생각하며.

이 책을 읽은 소녀와 소년들아, 그리고 모든 종류의 어른과 어른들아.

계속 자랄 수 있길 바랄게요. 서로의 사랑으로 서로를 키우며. 우리는 서로의 주인이 아니라 서로의 반려자. 누군가를 키우는 게 아니라 서로를 키우는 중.

모든 가능성을 활짝 열고 열심히 자라납시다.

저도 열심히 노력하겠습니다.

독서활동지

▷ 내가 가장 좋아하는 동물은 무엇인가요? 그 이유를 함께 말해 봅시다.

....

....

▷ 나랑 닮은 동물은 무엇일까요? 그 이유를 함께 말해 봅시다.

....

....

▷ 권민경 시인은 「편식 왕」(18p)에서 싫어하는 음식에 대해 이야기합니다. 편식하는 음식이 있나요? 있다면 그 이유는 무엇인가요?

....

....

▷ 보호소에 있는 유기견들, 농장에 갇혀 쓸개즙을 빼앗기는 곰들, 갈곳을 잃은 철새들을 위해 내가 할 수 있는 작은 실천은 무엇일까요?

....

....

▷ 「Love Yourself」(53p)에서 시인은 '나는 거대한 뭔가가 될 것이다'라고 말합니다. 나는 커서 어떤 사람이 될까요?

....

....

▷ 이 책에서 인상적인 시구절을 넣어 그림(또는 만화)으로 표현해 볼까요.

▷ 초등학생 땐 어기면 큰일 나는 줄 알았는데, 지금 생각해 보니 별것 아닌 일로는 무엇이 있을까요?

▷ 아이였던 내가 어느새 자라 있다고 느낀 순간이 있었나요?

고양이가 사료를 아드득 까드득
2025년 4월 18일 1판 1쇄 펴냄
2025년 10월 20일 1판 2쇄 펴냄

지은이   권민경
펴낸이   김성규
편집   조혜주 최주연
디자인   신혜연
펴낸곳   쉬는시간
주소   서울 마포구 동교로 17길 65, 501호
전화   02 323 2602
팩스   02 323 2603
등록   2019년 9월 3일 제2022-000287호

ISBN 979-11-988905-6-6 44810
ISBN 979-11-984300-0-7 (세트)